AF176645

Bibliografische Information der Deutschen Nationalbibliothek: Die Deutsche Nationalbibliothek verzeichnet diese Publikation in der Deutschen Nationalbibliografie; detaillierte bibliografische Daten sind im Internet über http://dnb.dnb.de abrufbar.

© 2021 Daniela Noitz www.novels4u.com
1. Auflage November 2021
Cover Illustration: Daniela Noitz

Verlag: BoD · Books on Demand GmbH, Überseering 33, 22297 Hamburg, bod@bod.de
Druck: Libri Plureos GmbH, Friedensallee 273, 22763 Hamburg
ISBN: 978-3-7557-1482-8

Daniela Noitz

Vegan ist Körperverletzung

&

Die Zukunft ist vegan

Inhaltsverzeichnis

Vegan ist Körperverletzung

Vegane Ernährung ist extrem, radikal und nährstoffarm. So lautet immer noch die vorherrschende Meinung, die auch kräftig unterfüttert wird. Dass diese Aussagen falsch sind und falsch sein müssen, sollte sich jedem, der sich nicht von der Pharma- oder Fleischlobby indoktrinieren lässt, schon deshalb logisch erscheinen, weil sogar die allseits anerkannte Ernährungspyramide bei einer ausgewogenen Ernährung einen Anteil von 75% vegan für gut erklärt. Sieht man sie sich genauer an, so erkennt man auf den ersten Blick, dass tierliche Produkte nur ganz in der Spitze vorkommen, das bedeutet, sie sollen in Maßen genossen werden. Demgegenüber wird der tägliche Verzehr von pflanzlichen Ölen, Nüssen, Samen, Gemüsen, Hülsenfrüchten und Obst empfohlen. Diese Lebensmittel machen den Hauptanteil der veganen Ernährung aus. Das wird gerne geflissentlich übersehen und Fakten scheren die Durchschnittskonsument*innen nicht, weil die eigentlichen Beweggründe, die Pyramide auf den Kopf zu stellen, sich vor allem aus Gewohnheit, Tradition und vor allem anhaltender Indoktrination zusammensetzen, in die die entsprechenden Industriezweige viel Geld investieren.

Nun können sich die meisten gerade noch dazu durchringen zu sagen, dass Erwachsene tun sollen, was sie wollen, aber bei den Kindern hört sich der Spaß auf, denn die könnten sich schließlich nicht wehren und vegane Eltern würden den armen Hascherln ihre Ernährungsweise aufzwingen. Der Satz an sich ist dubios. Natürlich zwingen vegane Eltern ihren Kindern ihre Ernährungsweise auf. Fleischessende Eltern tun das auch. Ich hätte aber noch nie gehört, dass es jemand sagt. Genauer gesagt zwingen Eltern ihren Kindern immer ihren Lebensstil auf. Sie müssen es auch tun. Schließlich kann man schwer darauf warten, bis die Kinder alt genug sind, sich selbst entscheiden zu können. Bis dahin wären sie schlicht verhungert. Allgemeiner gesagt, wir können schwer unseren Nachwuchs einfach im luft- und wertefreien Raum stehen lassen und abwarten. Mit jeder Interaktion werden die Werte und Gewohnheiten der Bezugspersonen weitergegeben. Das kann man als aufzwingen bezeichnen, was nicht ganz richtig ist. Zwang ist nur dort notwendig, wo sich jemand widersetzt. Doch Kinder lernen durch Nachahmung und werden sich nicht widersetzen. Das nennt sich landläufig Erziehung. Inwiefern hier Zwang angewendet wird, will ich dahingestellt lassen. Doch ganz gleich, ob ich meine Kinder fleischlich, vegetarisch oder vegan ernähre, ob ich sie katholisch, jüdisch, muslimisch oder buddhistisch erziehe, immer setze ich sie in mein vorgegebenes Wertesystem und sie müssen damit klarkommen.

Schwerwiegender als das Zwangsargument, wiegt ein anderes, das besagt, dass vegane Ernährung bei Kindern Körperverletzung sei. Dabei werden Kinder vorwiegend mit Gemüse, Obst, Hülsenfrüchten, Samen, Nüssen und pflanzlichen Ölen ernährt. Was daran schädlich ist, lasse ich einmal dahingestellt. Interessanter ist jedoch, dass damit indirekt gesagt wird, fleischliche Ernährung bei Kindern ist gesund bzw. Kinder von Eltern, die jede Art von tierlichen Produkten konsumieren, werden gesund ernährt. Dann schauen wir uns doch mal die durchschnittliche, ach so gesunde Ernährung an. Besonders beliebt zum Frühstück sind bei Kindern die Semmel, die Extrawurst, die Butter und Nutella. Allesamt Lebensmittel, die viel Zucker, Fett und wenig Nährwerte enthalten. Weiter geht es über den Tag mit Milchschnitten, Fruchtzwergen, Chips & Co. An der Spitze der Hitliste der warmen Mahlzeiten stehen Fischstäbchen, Schnitzel, Burger, Pizza und Pommes. Dazu werden massenhaft Cola, Fanta,

Sprite oder Energiedrinks verdrückt. D.h. bei der omnivoren Kinderernährung gibt es im Großen und Ganzen zwei Inhaltsstoffe: Fett und Zucker. Die Folgen sind unübersehbar. Mittlerweile ist jedes dritte Kind zwischen sechs und neun Jahren in europäischen Ländern adipös. Und das sind keineswegs vegane Kinder, sondern solche, die mit der traditionellen Küche kindgerecht ernährt werden. Jedes einzelne dieser Kinder wird also schon in jungen Jahren auf Herz-Kreislauf-Erkrankungen und Diabetes hin getrimmt.

Zusammengefasst lässt sich sagen: Wer seine Kinder mit Gemüse, Obst, Nüssen, Samen und Hülsenfrüchten ernährt, für ausreichend Bewegung sorgt und vielleicht sogar noch Zeit für den Nachwuchs hat, begeht eine Körperverletzung. Wohingegen jene Eltern, die ihre Kinder mit gesättigten Fetten, Transfetten, Zucker und Salz vollstopfen und damit einen großen Beitrag dazu leisten, dass sie übergewichtig werden, mit den entsprechenden Folgen, es richtig machen. Es entspricht ja quasi der Norm, und was in der Norm ist, ist gut. Dabei gibt es mit dieser Art der Ernährung durchweg Verlierer. Nun, ganz stimmt das nicht. Es gibt auch Gewinner, solche, die damit viel Geld verdienen und sich das nicht so leicht wegnehmen lassen. Indem sich die Menschen fleischlich krank fressen, die Tiere unsäglich leiden, fahren manche exorbitante Gewinne ein. Deshalb wird auch weiter der Mythos verbreitet, dass vegan Körperverletzung ist. Allerdings nur für die, die dann nicht mehr so viel verdienen. Für alle anderen wäre es ein Gewinn.

Vegan ist Körperverletzung, zumindest für die Fleisch-, Pharma- und Chemieindustrie. Deshalb sind sie auch die ersten, die es schaffen, selbst Wissenschaftler*innen oder Ärzt*innen dafür zu gewinnen, die vegane Ernährung als ungesund darzustellen. Reißerische Überschriften dienen dazu vom eigentlichen Inhalt abzulenken, der sich dann oft als viel harmloser herausstellt, als es den Eindruck macht. Das ist selbstverständlich gewollt.

Herz-Kreislauf-Erkrankungen, Diabetes und Krebs gehören zu den sog. Volkskrankheiten, die dazu führen, dass uns regelmäßig vorgebetet wird, dass das Gesundheitssystem nicht mehr finanzierbar ist. Alleine die Dickleibigkeit und deren Folgekrankheiten kosten den österreichischen Steuerzahler rund 12 Milliarden Euro pro Jahr. Mittlerweile sind diese Krankheiten so normal, dass man sich ab einem gewissen Alter misstrauisch anschauen lassen muss, wenn man gesund ist. Dabei wäre es so einfach. Raus an die frische Luft statt Kaufhausduft, mehr soziale Kontakte statt Online-Frust und gesunde Ernährung statt Fast-Food-Dreck. Aber wenn es tatsächlich so simpel wäre, warum wird es uns dann

14

unterschlagen? Nun, ganz unterschlagen wird es nicht, nur nicht laut ausposaunt. Denn das Problem daran ist, dass letztlich niemand an gesunden Bürger*innen interessiert ist. Ganz im Gegenteil, verdienen kann man nur an kranken Menschen, ganz egal ob psychisch oder physisch. Am besten ist beides. Aber lassen wir uns einmal auf den Gedanken ein, dass die Menschen darauf hören und ihr Leben entsprechend umstellen würden. Was wären die Folgen?

Durch die gesunde Ernährung würde die Anzahl der Herz-Kreislauf-Erkrankten drastisch zurückgehen, so dass alle im Gesundheitswesen auf diesem Gebiet Beschäftigten, plötzlich arbeitslos wären. Ärzte, die sich offiziell für die Genesung stark machen, wollen in Wahrheit kranke Menschen, gerade so krank, dass sie noch funktionieren, aber doch nicht ihrer Obsorge entbehren können. Im Anschluss an die Ärzte würden die Pharmakonzerne die Gesundung schmerzlich in ihren Bilanzen widergespiegelt finden, denn gesunde Menschen brauchen viel weniger Medikamente. Vielleicht besinnen sich manche sogar der guten alten Hausmittelchen wie Zwiebel und Knoblauch, Ingwer und anderer Kräuter, die immense Kraft haben und von jeder/m im eigenen Garten angepflanzt werden können.

Wohin dann mit all den Schmerzmitteln und Antibiotika, den Cholesterinsenkern und Benzos, die, je nach Mode, gegen Depression oder Borderline in Einsatz gebracht werden können? Gesunde Menschen sind das Schreckensbild jedes, auf Wirtschaftswachstum bauenden, Systems ab einer gewissen Entwicklungsstufe. Nun könnte die Pharmaindustrie sich immer noch ein wenig damit beruhigen, dass die meisten Medikamente nicht von Menschen eingenommen werden, sondern in der Intensivtierhaltung, immerhin fast 50 Tonnen Antibiotika allein in Österreich, landen. Würden die Menschen jedoch ihren Fleischkonsum drastisch verringern oder vielleicht sogar ganz beenden, so wäre das ein harter Schlag für die Pharmaindustrie. Darüber hinaus hat die chemische Industrie mit massiven Einbußen zu rechnen, denn weniger Tiere in der Intensivtierhaltung bedeuten weniger Monokultur und ein dementsprechend verringerter Einsatz an Pestiziden.

Auf Seiten der Industrie gibt es deshalb nur Verlierer, würden die Menschen weitgehend gesund sein. Das macht es unabdingbar, dass die vegane Lebensweise verteufelt wird, gerade weil sie für den Menschen gut ist, ihn gesünder und energiegeladener werden lässt. Stimmt man in diese Unkenrufe ein und ist weder

16

Fleischproduzent noch Aktionär einer Pharma- oder Chemiefirma, dann lässt man sich zum willenlosen Werkzeug einer korrupten Lobby machen, die alles dafür tut, um uns krank zu machen und zu halten. Man könnte es auch als die Herrschaft und das Diktat des neoliberalen Kapitals bezeichnen. Darin besteht die wahre Körperverletzung, nicht nur an menschlichen, sondern an allen lebendigen Wesen, einschließlich der Erde. Sie gehen im wahrsten Sinne des Wortes über Leichen, nur damit der Profit stimmt. Es ist allerhöchste Zeit uns aus dieser Herrschaft zu befreien und die wahren Diktatoren zu entmachten. Es wäre so einfach. Wir müssten bloß mit allem aufhören, was unsere Erde, unsere Mitgeschöpfe und uns selbst nachhaltig zerstört und hingegen alles tun, was dem Leben dient. Natürlich ist es eine Umstellung, aber eine aufregende, eine die uns aufblühen lässt und zu wahrer Lebendigkeit und zu uns selbst befreit.

„Stellen Sie sich vor, was mir letztens passiert ist!",
spricht mich eine Dame am Infostand ganz
unverhohlen an, „Da geh ich in den Supermarkt
und brauche was, was schnell geht, weil ich nicht
viel Zeit hatte, zum Kochen und da war dieses
vorpanierte Schnitzel. Na, viel ist nicht drinnen,
dachte ich noch, aber für eine Mahlzeit reicht's und
ein Salatblatt hatte ich auch noch zu Hause, Sie
wissen schon, wegen den Vitaminen. Also kauf ich
das und hau's mir zu Hause in die Pfanne. Während
das so vor sich hin brutzelt, schau ich mir die
Verpackung genauer an, wollte nur wissen, was da
für ein Fleisch drinnen ist. Und was entdecke ich?
Da ist weder Kalb- noch Rindfleisch drinnen,
sondern irgend so ein Sojazeug. Und schuld seid's
ihr Veganer. Ihr müsst doch auf Biegen und
Brechen alles nachmachen. Ich dachte immer, ihr
wollt's kein Fleisch essen und dann nennt ihr es
so."

„Wenn man es genau nimmt und die Herkunft des
Wortes Schnitzel anschaut, so bedeutet es einfach
Schnitte", erwidere ich, „Dass wir es nur für
Schnitten aus Fleisch verwenden, ist eine andere

Geschichte. Aber ich habe das Gefühl, dass Sie meinen, wir hätten Ihnen was weggenommen?"

„Was heißt weggenommen?", fragt sie mich verblüfft.

„Namen für Speisen, die solchen aus Fleisch vorbehalten sind", gebe ich zurück.

„Darum geht es nicht, sondern dass ihr Heuchler seid's. Wenn ihr schon kein Fleisch essts, dann nennt es auch nicht so", sagt sie pikiert.

„Schauen Sie, uns ist das letztlich egal, wie es heißt, denn es geht uns nur um eines", versuche ich zu erklären, „Wir wollen nichts zu uns nehmen, nichts anhaben und nichts verwenden, wo Tierleid drinnen ist. In Ihrem Kalbsschnitzel ist das Leid eines Babies drinnen, das leben wollte und in meinem Sojaschnitzel sind nur Pflanzen drinnen."

„Und wenn es eh egal ist, dann könnt ihr es auch anders nennen", meint sie energisch, „Ihr tut ja nur so, in Wahrheit wollt ihr etwas, das wie Fleisch aussieht und auch so schmeckt."

„Natürlich fällt es nicht jedem gleich leicht auf Fleisch zu verzichten", gebe ich zu, „Dann ist es nicht verwerflich etwas zu essen, was einem den Umstieg auf eine rein pflanzliche Kost erleichtert. Aber wie Fleisch schmecken ist Unsinn, denn Fleisch schmeckt nicht, sondern die Gewürze. Würde Ihnen Fleisch tatsächlich schmecken, so müssten Sie es roh und ohne Gewürze essen. Tun Sie das?"

„Natürlich nicht. Rohes Fleisch. Was für eine Idee. Das kann ja voller Salmonellen und was weiß ich was sein und ungewürzt, das wird ja immer besser", sagt sie schroff.

„Aber so würde ein wirklicher Fleischesser vorgehen, roh und ohne Gewürze", erwidere ich, „Was wir machen ist erstens dafür zu sorgen, dass Fleisch nicht so aussieht, als käme es vom toten Tier, und zweitens, es so herzurichten, dass wir es überhaupt essen können. Ich frage mich, was denn nun wirklich heuchlerisch ist. Ein pflanzliches Produkt so herzurichten, als wäre es aus Fleisch, oder Fleisch so herzurichten, als würde keines unserer Mitgeschöpfe dafür sterben müssen."

„Ich durchschaue Ihre Taktik", erwidert sie, die Augenbrauen hochgezogen, den Zeigefinger drohend erhoben, „Sie wollen jetzt mir ein schlechtes Gewissen einreden, von wegen ich esse totes Tier und so."

„Ich will Ihnen überhaupt nichts einreden, sondern nur darauf hinweisen, dass ein Tier sterben muss, damit Sie Fleisch essen können, aber das am besten so aussehen soll, dass man diese Tatsache ignorieren kann", gebe ich zu bedenken.

„Sehen Sie, Sie machen es schon wieder, mir ein schlechtes Gewissen einzureden", meint sie, „Es

20

klingt so, als würden Sie mir sagen, ich morde ein Tier."

„Zum Beispiel ein kleines, herziges Kalb?", werfe ich ein, „Nein, das tue ich nicht. Aber wo ist der Unterschied, ob jemand mordet, damit ich davon profitiere oder ob ich es selbst tue? Außer zu behaupten, ich bin es nicht selbst gewesen. Das Ergebnis ist das gleiche, das Lebewesen, das Leben wollte, ist tot" Und damit nehme ich eine Broschüre mit veganen Rezepten vom Tisch und gebe sie ihr. Nachdenklich blättert sie diese durch.

„Da ist ja gar kein Rezept mit Fakefleisch drinnen", sagt sie plötzlich, „Da könnte ich mal was ausprobieren. Ich habe eh schon lange keine Linsen mehr gekocht."

„Übrigens, haben Sie das Sojaschnitzel gegessen?", hake ich nach.

„Ja, ich konnte es schwer wegschmeißen", meint sie bitter.

„Hat es Ihnen geschmeckt?", fahre ich dennoch fort.

„Ja, aber erzählen Sie es bloß nicht weiter", erwidert sie und stapft von dannen, die Broschüre mit den Rezepten in die Tasche stopfend. Ob sie wohl Gefallen an der neuen Weise zu kochen findet? Zumindest besteht die Hoffnung.

Die Zukunft ist vegan

Mitten in der Nacht, irgendwo in Holland. Die Zimmertüre einer Tierrechtsaktivistin wird aufgebrochen, wohlgemerkt von der Exekutive, und sie selbst wird festgenommen, ihr Auto beschlagnahmt. Die Begründung, die Polizei hatte so ein Gefühl. Keine Begründung, keine Verdachtsmomente.

Szenenwechsel ins schöne Österreich. Bei einer Jagdbeobachtung, wohlgemerkt von einem öffentlichen Forstweg und außerhalb des eigentlichen Jagdgebietes aus, wird ein Aktivist von den Jagdhelfern niedergeschlagen, gewürgt und seiner Kamera beraubt. Die Richterin meinte, dieser Aktivist hätte doch nur Theater gespielt und die Angreifer wurden freigesprochen.

Ebenfalls in Österreich erhält ein Aktivist Drohbriefe von Jägern, die meinen, sie hätten noch eine Schrotladung für ihn übrig und sie würden sein Haus anzünden. Im Normalfall wäre dies wohl eine gemeingefährliche Drohung gewesen. Da es sich um einen Tierrechtsaktivisten handelt, scheint kein Handlungsbedarf zu bestehen.

Diese Liste ließe sich noch endlos fortsetzen. So unterschiedlich diese Vorfälle sein mögen, so haben sie wesentliche Komponenten gemeinsam. So wird grundsätzlich Tierrechtsaktivist*innen unterstellt, dass sie entweder irgendetwas gemacht haben, was gegen das Gesetz verstößt oder sie sind im Begriff, es zu tun. Und wenn sie es nicht getan haben, dann ist es sicher trotzdem gerechtfertigt, sie zu bestrafen. Wird eine Straftat gegen eine*n Tierrechtsaktivist*in verübt, so hat sie/er nachzuweisen, dass es passiert ist. Und wie man am Gerichtsurteil sieht, selbst wenn man schlagende Beweise hat, werden diese abgetan. Man kann sich des Eindruckes nicht erwehren, dass Tierrechtsaktivist*innen in unseren, angeblich juristisch so hochentwickelten, Zivilisationen wie Freiwild behandelt werden. Dies gilt allerdings nicht nur für Tierrechtsaktivist*innen, sondern für jeden Menschen, der sich für andere einsetzt, ohne dafür belohnt zu werden, ganz gleich ob es sich dabei um die Umwelt, Frauen, Kinder etc. handelt. Natürlich muss man dankbar sein, dass es in Westeuropa und den USA zumindest noch so gehandhabt wird. In vielen Teilen der Erde, verschwinden Aktivist*innen einfach spurlos, fallen Meuchelmorden zum Opfer oder werden ins Gefängnis gesteckt, wo ihnen nicht selten die Todesstrafe droht. Auch das ist nicht wirklich neu.

26

Verfolgt man die Geschichte ein wenig, so lässt sich feststellen, dass es immer schon so war, dass man sich Menschen, die selbstlos auf eine Verbesserung der Lebensbedingungen Schwächerer eintreten, zu entledigen suchte. Doch der Gang zur Wahrheit bzw. zu einer Veränderung, hat nicht mit Gewalt bzw. Repression begonnen. Zurückgreifend auf Arthur Schopenhauers Stufenmodell der Wahrheit kann man drei Stadien beobachten.

Auf der ersten Stufe werden die Bemühungen lächerlich gemacht, da es zu Beginn nur wenige Menschen sind, die eine Veränderung anstreben oder diese in einer Position sind, dass man sie getrost ignorieren kann. Grundsätzlich kann man dieser Stufe etwas Positives abgewinnen, denn so lange jene, die ihre Pfründe gegen die Veränderung verteidigen, die Aktivist*innen nicht ernst nehmen, werden sie in Ruhe daran arbeiten können, mehr Menschen für ihr Anliegen zu gewinnen. So war es wohl auch am Anfang der Tierrechtsbewegung, die einsamen Streiter in der Wüste. „Lasst sie doch herumspinnen und ihre Parolen ausplaudern", wird wohl gesagt worden sein, „Die Spinner nimmt sowieso keiner ernst." Damit lehnte man sich zurück und machte alles weiter, wie bisher. Doch während sich die einen ausruhten, konnten mehr Menschen für die Bewegung gewonnen werden, die Aussagen und Forderungen wurden fundierter und sie begannen politisch und gesellschaftlich relevant zu werden. Das erste Unwohlsein trat auf. Vielleicht hätte man sie doch ein wenig ernster nehmen sollen. Doch zu diesem Zeitpunkt hat die Bewegung schon eine gewisse Eigendynamik angenommen. Missstände, die aufgezeigt werden, können nicht länger unter den Teppich gekehrt werden und das nicht zuletzt deshalb, weil die Medien die Thematik aufgreifen, da sie zurecht einen Konflikt wittern. Mit einem Wort, die Aktivist*innen werden gefährlich, für den bisherigen Lebensstil, für die Selbstverständlichkeit der Ausbeutung und Misshandlung. Plötzlich sehen sich die Proponenten der Tierausbeutung unter Rechtfertigungsdruck. Der Status Quo wackelt.

28

Auch, wenn die Aktivist*innen nichts weiter machen, als die Missstände anzuprangern, das Verborgene ans Tageslicht holen und damit ein für alle Mal die Lügen zerstören, die der Masse aufgetischt werden, um sie bei der Stange zu halten, steht doch viel auf dem Spiel. Deshalb werden die Aktivist*innen bekämpft. Und in dieser Phase befinden wir uns gerade, in einem Kampf der Unvernunft gegen die Vernunft, der Reaktion gegen die Aktion und derer, die sehenden Auges unsere Lebensgrundlage zerstören und jenen, die das nicht tatenlos hinnehmen wollen.

Es stellt sich natürlich die Frage, warum diese Veränderungen, die angestrebt werden, grundsätzlich verhindert werden, selbst dann, wenn bei näherer Betrachtung, jede*r davon profitiert. Und im Falle der Zerstörung unseres Heimatplaneten kann man ausnahmsweise getrost sagen, dass tatsächlich jede*r von deren Verhinderung profitiert.

Bei der Beantwortung der Frage, warum jene, die sich für die Verbesserung der Lebensbedingungen aller Lebewesen einsetzen, torpediert, angegriffen, diskreditiert und verunglimpft werden, spielen viele Aspekte eine Rolle. Zunächst sind es die gesellschaftlichen Bedingungen, die ihren Niederschlag in den politischen Verhältnissen finden. Der Mensch in der der bürgerlichen Gesellschaft dieser Tage ist mit jenem zur Zeit des Biedermeier vergleichbar, das die Zeitspanne zwischen dem Ende des Wiener Kongresses 1815 bis zum Beginn der bürgerlichen Revolution 1848 umfasst. Das Ideal dieser Zeit war die gemütliche, unpolitische Häuslichkeit. Politisch war sie geprägt von Spitzelwesen, Denunziantentum und Unterdrückung. Dieser Rückzug in die eigenen vier Wände, die Fokussierung auf den eigenen Nabel, findet auch heute wieder statt. Der große Unterschied besteht darin, dass die Überwachung viel einfacher ist als damals. Metternich hätte seine helle Freude gehabt.

Wesentlich war, sich nicht einzumischen, nicht aufzufallen, nicht aufzumucken und sich auf die Dinge zu konzentrieren, die einen selbst, unmittelbar betreffen. Dazu gehört, wie sich der Nachbar benimmt oder welches Fest im Ort ausgetragen wird etc., aber nicht, wie die Lebens- und Sterbebedingungen unserer Mitgeschöpfe aussehen. Das passiert schließlich anderswo und man hat damit nichts zu tun. Dass man davon in Form von billigen Lebensmitteln profitiert, steht auf einem anderen Blatt, zu sehr ist man es gewohnt Ursache und Wirkung auseinander zu halten. Natürlich finden es alle schrecklich, wenn Kälbchen tausende Kilometer unter den schrecklichsten Bedingungen durch die Gegend transportiert werden. Wenn aber dann dazu gesagt wird, dass der Milchkonsum daran schuld ist, muss man sich anhören, man kann ja deshalb nicht aufhören Milch und Milchprodukte zu konsumieren. Das ist schon sehr radikal. Ich möchte die tausenden Ausreden jetzt nicht anführen, die zur Genüge bekannt sind, ebenso wie die Verhältnisse an sich. Dass dieses System der Ausbeutung bestehen bleibt, ist in erster Linie deshalb möglich, weil die Mehrheit nicht nur schweigt, sondern sich gegen die stellt, die darauf aufmerksam machen. Da gilt man schnell einmal als radikal, extrem und militant, denn die sind offenbar nicht gut genug durch die Sozialisierung in Erziehung und Ausbildung deformiert worden, dass sie den Mund aufmachen und das auch noch laut und öffentlich. Man kann da doch nichts sagen. Und gerade, weil viele meinen, sie könnten nichts sagen, bleibt alles, wie es ist. Da ruhen wir uns lieber aus, im trauten Heim, bis das eigene brennt. Vorher ist es uns egal.

Der zweite Aspekt ist die Angst vor Veränderung. Die Milchbetriebe werden zugrunde gehen, die Bauern, die Lebewesen halten, werden kein Auskommen mehr haben und wir werden alle verhungern. So der Tenor. Als wenn es neben der Ausbeutung von unseren Mitgeschöpfen keine Landwirtschaft gäbe. Natürlich, wenn man auf dem Punkt stehenbleibt, dass es außer der Fortführung des Bestehenden, keine Alternative gibt, dann könnte man es verstehen. Doch der Mensch ist doch stolz darauf, dass er denken, antizipieren und die Welt verändern kann. Und in diesem Fall scheinen all diese Möglichkeiten plötzlich vergessen zu sein. Abgesehen davon, dass es mittlerweile genügend Beispiele für einen gelungenen Umstieg gibt, kann kein*e Landwirt*in ohne Subventionen überleben. Das heißt, wir enthalten schon jetzt diesem so hochgelobten Berufsstand das vor, was ihnen für ihre Arbeit zustünde. Es wäre ein leichtes, die Subventionen dafür zu verwenden, diesen Umstieg zu ermöglichen. Die entsprechenden

Interessensvertretungen könnten Schulungen und andere Unterstützung anbieten. Doch allein daran sieht man, dass diese kein Interesse daran haben, die Landwirt*innen aus der Knute von Kammern, Verbänden und Co. zu entlassen. Es lebt sich einfach zu gut davon, wenn man die Mitglieder am Gängelband hält.

Der Großteil der Menschen hat sich dafür entschieden, leise zu sein und nicht aufzumucken. Doch das ist eine Entscheidung, egal ob bewusst oder unbewusst getroffen, die man auch wieder ändern kann. Wir können uns genauso dafür entscheiden, reflektiert, bewusst, denkend und nachdenkend zu sein, uns einzusetzen für bessere Lebensbedingungen. Noch ist es leicht, diese Menschen anzugreifen, weil es wenige sind und sich die Mehrheit hinter die Unterdrücker stellt, aber wenn genügend aufstehen, die Wärme und Bequemlichkeit ihrer Wohnzimmeridylle verlassen, dann wird es schwieriger, sie niederzuringen. Dann wäre es auch politisch notwendig, sich mit diesen Forderungen auseinanderzusetzen. Bis es so weit ist, werden wir uns dafür einsetzen und wir werden immer mehr. Das ist die Hoffnung, die wir haben, für das Überleben unseres Planten und damit für unser eigenes.

Vegan lebende Menschen sind ebenso wenig perfekt, wie alle anderen auch, aber sie haben eines begriffen – und das hängt wohl auch mit einer besonderen Verbindung zum Leben zusammen, - nämlich, dass es möglich ist, die gegebenen Verhältnisse, soziale Bedingtheiten, vorgegebenen Gedankenbahnen, zu verlassen und eigene einzuschlagen. Dazu braucht es nichts weiter als einen gesunden Mix aus Intelligenz, Kreativität und Durchhaltevermögen. Intelligenz hilft, die Dinge zu verstehen, sie zu begreifen, aber es benötigt einer gewissen Portion an Kreativität, Vorgefertigtes zu zerlegen und neu zusammenzusetzen. Die Elemente bleiben die gleichen, weil wir nur die haben, die es gibt. In dem Fall Menschen und ihr Umgang mit der nicht-menschlichen Umwelt. Man zerlegt sie und setzt sie neu zusammen, so dass etwas Neues entsteht. Nicht unbedingt für die Gesamtheit, aber für die/den Einzelne*n.

So sieht man plötzlich, dass die Kuhmama Milch gibt, weil ihr Baby was zu essen braucht. Gras kann es noch nicht fressen und deshalb erzeugt ihr Körper für ihr Baby die Milch. Und dabei ist die Natur so fürsorglich, dass sie die

Zusammensetzung genau so gestaltet, dass sie für ein Kuhbaby optimal ist, für die Zeitspanne, in der es noch nicht eigenständig essen kann. Aber wenn die Milch für das Kuhbaby optimal ist, dann ist sie es nicht für ein Menschenbaby. Vergleicht man die Milch von einer Menschenmutter mit der einer Kuhmutter, dann kommt man drauf, auch diese ist optimal, für ein Menschenbaby. Muttermilch, egal von welcher Spezies ist für deren Baby und für sonst niemanden. Aber das Wichtigste ist, man sieht, dass es für eine ausgewogene Ernährung gar nicht notwendig ist. Ganz im Gegenteil, es ist ihr sogar abträglich. Ebenso durchschaut man das Eier- und Milchmärchen. Aber wenn viele Menschen eine solche Erkenntnis haben, dann gibt es bald keine Schweine, Hühner, Kühe und Schafe, die für die menschliche Ausbeutung gezüchtet werden. Es gibt sie also nur mehr als Haustiere, die nicht gegessen, sondern nur liebgehabt werden. Dabei geht es immerhin um stolze 80.000.000.000 Lebewesen. Die braucht man dann auch nicht mehr füttern, was den Großteil der Anbauflächen frei gibt für Gemüse und Obst, frisches Gemüse und Obst, ohne Pestizide, vielleicht auch aus dem eigenen Garten. Die Wälder, vor allem die Regenwälder, müssten nicht mehr gerodet werden, weil wir die Flächen nicht mehr brauchen. Mehr noch, sie könnten sich erholen und mit ihr die heimischen Lebewesen. Die Artenvielfalt würde ihrem Namen wieder gerecht werden. Darüber hinaus müsste das Übermaß an Exkrementen nicht mehr entsorgt werden, so dass sich auch das Wasser wieder erholt. An und im Wasser lebende Tierpopulationen könnten sich regenerieren. Man könnte Natur und ihre Bewohner hautnah erleben, ohne ihnen ein Leid zuzufügen, sondern vielmehr sich im Miteinander am Leben erfreuen. Es ist eine Vision von Freiheit und Lebenskraft und Verbundenheit. Eigentlich wunderschön. Doch es wird einem sofort schlecht geredet, mit allen möglichen Ausreden – und wir kennen sie alle, deshalb ist es notwendig, neben Intelligenz und Kreativität, auch Durchhaltevermögen zu zeigen, denn nur so kann man sich gegen den Mainstream der Zerstörung und Vernichtung behaupten.

Veganer*innen sind keine perfekten Menschen, weil vegan zu leben ein Weg ist, den man geht. Dabei ist die Ernährung erst der erste Schritt. Wenn man diesen getan hat, dann erkennt man auch viele andere Dinge, die damit zusammenhängen. Schritt für Schritt lernt man. Das ist das Schöne daran. Wenn man voneinander lernt, Erkenntnisse, die andere bereits gemacht haben, annimmt, um selber weiterzukommen, dann ist es optimal. Das ist aber ein Unterschied zu jenen, die verzweifelt suchen, was denn die Veganer*innen falsch machen, um dann daraus zu schließen, sie sind nicht perfekt, dann brauche ich gar nicht erst anzufangen. Dabei geht es nicht darum, was andere tun sollen, sondern nur darum, was kann ich dafür tun, dass die Welt ein besserer Ort für alle Lebewesen ist. Und am schönsten ist es, diesen Weg gemeinsam zu gehen. Deshalb lasst uns zusammen und füreinander einstehen und uns vor allem von all denen, die den ersten Schritt noch nicht getan haben, nicht beirren. Es ist der beste Weg, den man gehen kann. Also, was hält Dich ab?

Was hält uns davon ab, ein Leben als selbstverständlich anzunehmen, das so gestaltet ist, dass kein Lebewesen unnötig leidet? Dabei ist der Tod am Schlachthof oder auch bei der Hausschlachtung, was aufs selbe herauskommt, weil dieses Mitgeschöpf auf jeden Fall tot sein wird, nur die Spitze des Eisberges. Bevor es zu diesen grauenhaften Morden kommt, müssen diese Lebewesen Monate, wenn nicht Jahre der Misshandlung und Ausbeutung überstehen. Gerade die weiblichen Vertreterinnen kommen zum Handkuss.

Da werden Kühe darauf hin gezüchtet das mehrfache ihrer natürlichen Milchleistung zu erbringen, ebenso wie Hühner nicht aufhören dürfen, Eier zu legen. Gemeinsam ist diesen Lebewesen, dass ihr Körper diese Dinge produziert, um ihre eigenen Kinder zu ernähren. Das ist von der Natur wunderbar geregelt. Diese enormen Leistungen können ihre Körper natürlich nur auf kurze Zeit erbringen, die viel kürzer ist als ihre normale Lebensspanne. Sie werden schlicht und ergreifend kaputt gemacht. Darüber hinaus werden ihnen ihre Kinder sofort weggenommen. Kälber kommen in Kälberboxen und Eier werden unter einer Wärmelampe ausgebrütet. Es sind allesamt Mütter, die sich um ihre Babies kümmern möchten und darum betrogen werden. Wir beuten sie aus, bis zum Rande der Erträglichkeit, einfach, weil wir es können. Es ist die miserabelste Form der Unterwerfung, die es je gab. Davon haben wir genug im Laufe der Geschichte erlebt, so wie die Sklaverei, die Leibeigenschaft oder die Unterdrückung der Frau. Aber egal um welche Art es sich handelt, sie gründet immer auf dem Gedanken, dass jemand gegenüber einem anderen höherwertiger ist, der Macht ungestraft ausüben darf, so wie Weiße gegenüber Schwarzen oder Männer gegenüber Frauen. In diesem Fall ist es der Glaube daran, dass die menschliche Spezies mehr wert ist als irgendeine andere. Die Grundgedanken sind also immer die Gleichen. Jemand gibt sich aus selbsterdachten Gründen das Recht, mit jemand anderen machen zu dürfen, was er will.

So fußt das Recht, Frauen schlechter behandeln zu dürfen als Männer, auf jenem Glauben, dass diese höherwertiger sind. Der Feminismus kämpft gegen diesen Glauben, der – wie mittlerweile wohl von den meisten eingesehen wird – jeglicher Grundlage entbehrt. Frauen kennen also die Situation der Unterdrückung und Ausbeutung, die nach wie vor geschieht. Speziell am 08. März, dem Internationalen Weltfrauen, wird an die anhaltende Ungleichberechtigung gedacht, auf Unterdrückung und Ausbeutung. Aber kaum jemand denkt daran, dass Frauen, die sich dem Feminismus verschreiben, jede Form der Unterdrückung und Ausbeutung verurteilen müssten, so sie denn auch nur ein Minimum an Glaubwürdigkeit haben möchten. Dennoch gibt es große schwarze Flecken. Da wird kaum an die Frauen in der sog. Dritten Welt gedacht oder an die Frauen in der Ausbeutungsindustrie. Wäre der Feminismus auch nur halbwegs glaubwürdig, würde er sich gegen jede Form der Unterdrückung einsetzen, denn die Wurzel ist in jedem Fall die gleiche, dass sich der weiße Menschenmann über alle anderen Spezies erhebt, über Menschenfrauen, Tiere und die Natur. Wollen sich die Feministinnen selbst ernst nehmen, dann müssten sie generell vegan sein und jegliche Ausbeutung aufs Schärfste verurteilen, denn wer selbst unterdrückt wird, müsste besonders sensibel für die Mitlebewesen sein, die in der gleichen Situation sind. Es sollte eigentlich selbstverständlich sein, Solidarität zu beweisen. In Wahrheit ist es jedoch so, dass die Frauenrechtsbewegung von ihren Anfängen bis heute nichts Wichtigeres zu tun zu haben schien, als selbst in den eigenen Reihen diesen

Mechanismus fortzusetzen, indem bürgerliche Frauen gegen Frauen aus der sog. Unterschicht antraten, Frauen aus dem Bürgertum sich bevorzugt mit Problemen auseinandersetzten, die einer Frau, die jeden Tag ums nackte Überleben kämpft, als dekadent und präpotent erscheinen müssen.

Alle Eltern wollen nur das Beste für ihre Kinder, so wird zumindest gesagt. Worte sind geduldig und Auslegungen noch viel mehr. Was verstehen die Eltern nun unter dem Besten für ihre Kinder? Natürlich Gesundheit, dann eine gute Ausbildung, damit sie einen Arbeitsplatz dereinst haben werden, der ihnen ermöglicht von dem Gehalt zu leben und eine eigene Familie und Freunde. Kurz gesagt, das Beste für unsere Kinder ist, ein glückliches Leben zu führen. So weit, so nachvollziehbar und gut. Doch wie dieses gute, glückliche Leben auszusehen hat, das gibt man den Kindern vor. Bis zu einem gewissen Alter ist das auch sinnvoll und nachvollziehbar, doch die meisten Eltern tendieren dazu, ihren Kindern auch dann noch aufs Aug drücken zu wollen, was sie glücklich macht, wenn sie alt genug dafür wären, anstatt ihnen auch nur die Chance zu geben, es für sich selbst herauszufinden. Schließlich haben die Erwachsenen die Lebenserfahrung und die Jugendlichen nicht, deshalb wissen sie auch ganz genau, was richtig und falsch ist, aber vor allem, was gut für Dich ist. Eigentlich eine schreckliche Hybris, denn wie soll ein Mensch seinen Weg finden, wenn ihm ständig eingebläut wird, dass es nur einen gibt, und zwar der, der ihm zugewiesen wird?

So geschieht nichts anderes, als dass die Erwachsenen ihre Wünsche und Vorstellungen in die Jugendlichen projizieren. Nun könnte man sagen, das ist auch ok so, bis zu einem gewissen Grad, denn diese Erwachsenen haben schließlich diesen Weg gefunden, nach vielen Irrwegen, vor denen sie ihre Kinder bewahren wollen. Mit einem Wort, sie wissen, wovon sie reden. Das kann man natürlich behaupten. Wahr ist jedoch, dass diese Menschen, die sich nun wie die großen Entdecker und Analysten aufspielen, selbst einmal solche Jugendlichen waren, die auf einen Weg gesetzt wurden, den andere für gut befunden hatten. Sie waren ihn einfach gegangen, ohne jede Erfahrung oder Entdeckergeist. Sie plappern einfach geistlos nach, was ihnen andere vorplapperten, bloß, dass sie es so verinnerlicht haben, dass sie es noch nicht einmal merken. Was nicht in dieses Bild passt, wird negiert. Schließlich ist die Welt wie sie ist, völlig unabänderlich und man hat sich einzupassen. Jede*r.

Eines Tages kommt der Nachwuchs nach Hause und verkündet, dass sie oder er nun vegan leben möchte. Da stehen die Erwachsenen dann da und sind entsetzt, denn schließlich weiß doch jede*r, dass vegane Ernährung eine Mangelernährung ist und dass der Mensch immer schon Fleisch gegessen hat und dass das nur so eine Schnapsidee ist, um sich gegen die Autorität und das Wissen der älteren Generation aufzulehnen. Deshalb wird das Vorhaben des abhängigen Jugendlichen torpediert, wo es nur möglich ist. Sie/er wird bloßgestellt oder ihr/ihm Essen vorgesetzt, in dem bewusst tierliche Anteile versteckt werden. Es ist eine der schlimmsten Seiten von selbsternannter Autorität, denn letztendlich geht es um nichts anderes, als zu verhindern, dass man zugeben muss, man hätte sich geirrt, und nicht nur diese Erwachsenen, sondern auch alle, die davor waren und diese Unwahrheit einbläuten. Doch was tun diese, ach so weltgewandten, aufgeklärten Erwachsenen den Jugendlichen an?

Es wird ihnen nichts anderes gesagt, als dass ihre Erkenntnisse und Einsichten in den Zusammenhang von Tier-, Mensch- und Naturausbeutung, Unsinn sind. Das nicht zuletzt, weil die Erwachsenen dann zugeben müssten, sie hätten es bis jetzt falsch gemacht. Demoralisierung, Verunsicherung und Loyalitätskonflikte sind die Folge. Denn einerseits fühlen sich auch die Jugendlichen ihren Eltern emotional verpflichtet und andererseits ist es

44

schwer, ihnen zu sagen, dass sie falsch liegen und Unrecht haben. Es erfordert viel Kraft und Mut gegen die aufstehen zu müssen, von denen man sich eigentlich zu Recht Unterstützung und Bekräftigung erwarten könnte. Dann müssen diese Kinder erleben, dass ihre Eltern und anderen Anverwandten völlig lernresistent sind und sie für ihren positiven Einsatz noch verunglimpfen. Viele von ihnen knicken ein und lassen von ihrem Vorhaben ab. Die Erwachsenen haben gewonnen. Aber was ist das für ein Sieg? Ist es das Beste für unsere Kinder sie durch rigide Mittel klein und hilflos zu halten, sie zu demütigen und zu verhöhnen? Ist das unser heutiges Erziehungsziel, Jugendliche zu brechen, damit sie wieder ins System passen? Ja, das ist es.

Es erfordert viel Kraft und Mut, aber wenn man es wirklich will, dann ist es zu schaffen und vielleicht wird dann die Welt tatsächlich ein besserer Ort, für alle.

Weitere Informationen

Du willst wissen, wie es in der Tierindustrie tatsächlich zugeht. Dann schau Dir folgende Dokumentationen an:

Auf Netflix:
- Cowspiracy
- The Gamechangers
- Das System Milch
- What the Health
- Okja (für Kinder)

Auf YouTube:
- Dominion
- Earthlings
- H.O.P.E – What you eat matters
- Seaspiracy
- What the Health

Informationen:
- Happycow.net
- Vegan.at
- Vegan22.com
- Vgt.at
- Milliondollarvegan.com

Du willst es mal vegan probieren?

Dann mach mit beim veganen Monat. Du erhältst gratis Rezepte, Tipps & Infos per Mail ganz einfach anmelden und vegan durchstarten auf https://www.vegan.at/inhalt/probiere-mit-uns-einen-veganen-monat-aus.

Für weitere Fragen, Anregungen, Kritik etc., schreib mir ein Mail an hello@novels4u.com.